emm[illegible]er
ses collègues

Laurent Gaulet

FIRST
Editions

ISBN: 978-2-7540-5939-8
Dépôt légal: mars 2014
Imprimé en Italie

Correction: Niels Labuzan
Mise en page: Olivier Frenot

Éditions First, un département d'Édi8
12, avenue d'Italie
75013 Paris – France
Tél.: 01 44 16 09 00
Fax: 01 44 16 09 01
E-mail: firstinfo@efirst.com

Site internet: www.editionsfirst.fr

Introduction

Au boulot, vous êtes entouré de fainéants, de fayots, de médisants, de dragueurs et de lunatiques. Les collègues qui savent toujours tout, qui se plaignent tout le temps ou qui sont toujours absents vous excèdent. Vous en avez marre des petites allumeuses, des pots de colle et de ceux qui puent. Ceux qui ont pris la grosse tête, qui tirent toujours la tronche et les lourdauds vous insupportent. Bref, vos collègues vous emmerdent. Alors voici 150 idées pour passer à la contre-offensive...

Votre collègue s'est absenté un moment? Profitez-en pour écraser votre crotte de nez sur son tapis de souris.

Lorsque votre collègue… « clic-clic »… essaye de… « clic »… se concentrer… « clic-clic », quoi de plus « clic »… énervant… « clic-clic »… que de « clic »… faire des cliquetis avec son stylo ?

Vous souffrez d'un dérangement intestinal, vous redoutez une gastro ? C'est le moment de partager votre malheur avec votre collègue ! Offrez-lui un café en ayant préalablement passé un coup de langue tout autour du gobelet…

Empruntez discrètement
les cartes de visites de votre
collègue et écrivez au dos
de chacune d'elle « J'ai envie
de vous, téléphonez-moi... ».

Achetez, puis relâchez
une petite souris dans
un bureau ou dans
le tiroir d'un collègue...
Panique assurée ! Ça marche
aussi avec les gros rats...

Sortez le doigt de votre nez juste avant de serrer la main de votre collègue.

Lorsque votre collègue vous parle, tournez la tête pour feindre de ne pas vouloir sentir sa mauvaise haleine.

Demandez un stylo
à un collègue, grattez-
vous le fond de l'oreille
avec et rendez-le lui
aussitôt.

Répondez invariablement à votre collègue en imitant l'accent belge.

Profitez du moment
où tout le monde est parti
déjeuner pour dérégler
les sièges de tous
les postes de travail.

Totalement puéril : téléphonez à vos collègues et raccrochez à chaque fois qu'ils répondent...

Permutez la chaise pourrie d'un collègue avec le beau fauteuil d'un autre. Ce dernier devrait vite avoir des choses à redire au premier...

Pour vos collègues accros à la caféine et qui, sans leur petit café matinal sont énervés pour le restant de la journée, insérez un chewing-gum ou une allumette dans la fente à monnaie du distributeur de café.

Votre collègue fume ?
Piquez-lui ses clopes !
Combien de temps va-t-il
tenir sans péter un câble ?

Permutez toutes les adresses mail et les prénoms des contacts de la boîte mail de votre collègue...

Cachez, dans le faux plafond
du bureau de votre collègue,
une carte musicale d'anniversaire
qui, pendant des heures,
diffusera une petite musique bien
crispante. Vous pouvez pousser
le vice jusqu'à lui dire que vous
n'entendez rien et que ce doit être
dans sa tête...

Soyez faux-cul ! Faites le lèche-bottes ! Faites-vous bien voir de votre hiérarchie pour médire auprès de vos supérieurs et discréditer le travail des autres. Devenez le roi des hypocrites.

Histoire de mettre un peu
d'ambiance dans la vie de couple
de votre collègue, aspergez
copieusement ses vêtements
d'un parfum féminin.

Retapissez le bureau
de votre collègue en
scotchant aux murs toutes
les feuilles de ses dossiers.

Quel bonheur ! Aujourd'hui, à la cantine, il y a du camembert. Prenez-en un morceau et enveloppez-le précieusement dans votre serviette en papier. À votre retour au travail, coincez le fromage derrière le radiateur électrique du bureau de votre collègue… Puanteur assurée !

Lorsque vous empruntez un stylo à un collègue, rendez-le lui mordillé au bout et si possible avec encore un peu de salive dessus...

Pendant que votre collègue
se concentre, mâchez
bruyamment un chewing-gum
la bouche grande ouvert,
faites des bulles...

Profitez d'une mauvaise haleine pour parler en tête-à-tête avec un collègue. Vous pouvez attendre un mauvais rhume ou bien croquer une gousse d'ail...

PETITS JEUX POUR EMMERDER VOS COLLÈGUES :

- Inverser les couleurs de leurs stylos.
- Accrocher ensemble tous leurs trombones.
- Faire le tour des bureaux et briser en deux tous leurs stylos.

Lorsque votre collègue s'adresse
à vous, n'hésitez pas
à l'interrompre pour relever
et corriger toutes ses fautes
de français.

Profitez de l'absence de votre
collègue pour écraser votre vieux
chewing-gum sur le clavier
de son ordinateur.

Lorsque votre collègue est en vacances, adressez-lui un mail depuis l'ordinateur de votre patron : « Nous avons besoin de vous de toute urgence. De nombreux emplois sont en jeu et votre présence est indispensable. Je compte sur vous pour bien vouloir reporter vos vacances. À demain. ». N'oubliez pas d'effacer ce mail de l'ordinateur.

Dans la salle de pause, fabriquez un jeu de fléchettes. Comme cible, photocopiez et agrandissez la photo de votre collègue préféré...

Débranchez la prise
du combiné téléphonique
de votre collègue, mettez
un peu de scotch sur
les contacts,
puis rebranchez...

Remplacez la page
d'accueil du navigateur
internet de votre collègue
par celle d'un site coquin...

Subtilisez l'ampoule
du plafonnier du bureau
de votre collègue ainsi que
celle de sa lampe
de bureau.

Servez-vous de l'adresse mail
de votre collègue pour l'inscrire
à tous les clubs de rencontres.
Sans oublier les clubs gays
et échangistes, cela va de soi...

Laissez vos collègues travailler à votre place. Devenez le roi des excuses bidons pour multiplier les retards et les absences.

Achetez des bonbons
pimentés chez un vendeur
de farces et attrapes,
puis mettez-les dans une
coupelle à la disposition
des gourmands...

Déposez un préavis de grève accompagné d'une lettre de revendications, signée de votre collègue. Soignez les revendications : café trop chaud, pauses trop courtes, chaises trop raides, etc.

La musique adoucit les mœurs. Ah bon? Alors, histoire de vérifier cet adage, travaillez en musique. Mais bien entendu, pas n'importe quelle musique... Près de vos collègues, à l'aide d'une radio, de l'ordinateur ou de votre smartphone, diffusez en boucle une chanson bien pénible. Un air qui entre dans le crâne pour ne plus jamais en ressortir et qui tape sur le système dès la troisième écoute. Du Richard Clayderman, du Patrick Sébastien, la liste est longue...

Lorsque vous prenez
l'ascenseur avec un
collègue pressé, appuyez
sur les boutons de tous
les étages...

Retirez le papier hygiénique des toilettes de votre entreprise et ne laissez qu'une feuille dépasser.

Faites toujours répéter deux fois à votre collègue ce qu'il vous dit en répondant « Hein? ».

Si emmerder vos collègues
au bureau ne vous suffit plus,
devenez leur ami Facebook® afin
de vous mêler de leur vie privée.

Votre collègue est débordé de travail ? Faites une pause pour vous couper et vous limer les ongles devant lui...

Chouette ! L'autre « vieux con » prend sa retraite et organise un pot de départ. Voici une petite liste d'idées de cadeaux pour lui signifier que vous allez le regretter :

- 1 paire de chaussons
- 1 abonnement au magazine *Notre Temps*
- 1 assurance obsèques
- 1 boîte de Viagra®
- 1 invitation pour assister à l'émission *Questions pour un champion*
- 1 canne
- 1 dentier
- 1 paire de chaussettes chaudes

Prenez le stylo de votre collègue et dites « Merci ! On m'avait piqué le mien. »

Échangez les tiroirs
de bureau de vos collègues
de manière à ce que
chacun se retrouve
avec celui d'un autre.

Attendez près de l'imprimante et piquez les impressions de vos collègues. Déposez-les ensuite sur un bureau au hasard...

Passez la souris de
l'ordinateur de votre
collègue en mode gaucher :
les clics gauche et droite
seront inversés.

La veille de mardi gras, et avec la complicité de tous les autres collègues, dites à un collègue que demain, jour de carnaval, tout le monde arrivera déguisé pour travailler.

Un jour de pluie, versez
le contenu d'un paquet de
confettis dans le parapluie
de votre collègue...

Toutes les cinq minutes, dérangez
votre collègue, tantôt pour lui
demander un avis, tantôt pour
emprunter son agrafeuse,
lui demander de l'aide,
un stylo noir, etc.

Votre collègue est débordé?
Voilà un truc qui devrait lui faire gagner du temps... ou pas.
Au choix : réglez la vitesse de la souris de son ordinateur au maximum, elle sera incontrôlable ; ou bien optez pour la vitesse minimale qui devrait le rendre complètement fou.

Vous connaissez le code
secret de l'ordinateur
de votre collègue ?
Alors… pourquoi pas
le lui changer ?

À chaque fois que vous adressez la parole à votre collègue, pour être certain qu'il comprenne bien ce que vous lui dites et surtout, qu'il réalise que vous le prenez pour un crétin, articulez exagérément et épelez-lui les mots importants.

Votre collègue est convoqué dans le bureau du patron. Alors qu'il s'y rend, renversez un café sur lui. Oups !

Lorsque vous êtes avec
un collègue au téléphone,
mâchez bruyamment,
croquez une pomme,
éternuez, toussez
dans l'oreille de votre
correspondant...

Votre collègue aime
le silence ? Claquez
systématiquement la porte
de son bureau lorsque
vous en sortez.

Que ce soit fort ou entre vos dents, sifflotez en permanence. Pas un air en particulier, juste n'importe quoi. Cela devrait rapidement taper sur le système nerveux de vos collègues.

Si la date de vos vacances vous importe peu, posez toujours vos congés aux périodes désirées par votre collègue. Votre employeur devra alors instaurer un roulement avec lui, si bien qu'une fois sur deux, vous aurez emmerdé votre collègue pour ses vacances. Et bien entendu, si vous n'avez pas d'enfants, ne posez vos congés que durant les périodes scolaires...

Quand un collègue
vous fait la bise,
essuyez-vous les joues
immédiatement après.

Puisque vous quittez le travail
un peu avant tout le monde,
profitez-en pour dégonfler
le pneu de la voiture
d'un collègue.

Collez un bout de
chewing-gum sous le
robinet d'eau des toilettes
de manière à ce que
le collègue qui s'en servira
soit aspergé.

Saisissez « être rappelé » dans Google®. Vous trouverez des milliers de sites sur lesquels vous pourrez laisser le numéro de téléphone de votre collègue qui sera submergé d'appels commerciaux improbables.

Profitez de l'absence de votre collègue pour modifier la signature automatique de ses mails en faisant précéder son nom par une formule telle que « Gros bisous » ou bien « Plein de poutous poutous ».

L'été approche. Certaines boivent de l'eau pour mincir et laissent leur bouteille traîner sur leur bureau. Remplacez l'eau de ces bouteilles par de la vodka.

Surtout, n'hésitez jamais
à vous approprier
le travail et les bonnes
idées des autres.

Vous souhaitez offrir à votre employeur une bonne raison de vous licencier pour faute grave ? Écrasez tous les dossiers informatiques de vos collègues.

Piquez les roulettes
du fauteuil de votre
collègue.

Ne saluez jamais le collègue que vous détestez comme les autres. Tendez-lui systématiquement une main molle tout en lui faisant un regard mielleux et un sourire niais.

Versez un peu d'huile
sur le siège de votre
collègue qui se promènera
ensuite avec une belle
auréole aux fesses.

Reculez d'une heure toutes les horloges de votre lieu de travail de manière à ce que vos collègues travaillent une heure de plus.

PETITS JEUX POUR EMMERDER VOS COLLÈGUES :

- Agrafer ensemble toutes les feuilles posées sur leurs bureaux.
- Echanger les souris optiques de leurs ordinateurs ou brancher les souris filaires sur un PC voisin.

Votre collègue a besoin
de quiétude pour se concentrer ?
Tapotez vos ongles ou un stylo
sur votre bureau...

Un nouveau collègue arrive, il est normal que vous lui souhaitiez la bienvenue. Mais n'organisez pas un pot, précisez-lui que vous en ferez un pour son départ. Par contre, offrez-lui un petit cadeau sympa pour le mettre dans l'ambiance. Par exemple :

- 1 corde pour se pendre
- 1 boîte de Xanax®
- La photo encadrée du patron à mettre sur son bureau

Mesdames, pensez à jeter vos serviettes périodiques dans la corbeille de vos collègues préférés !

L'été, mettez en marche
le radiateur
de votre collègue.
L'hiver, déclenchez
la clim.

Cousez les manches des
vestes abandonnées sur
les dossiers des chaises de
manière à ce que les mains
ne puissent pas sortir lorsque
leurs propriétaires voudront
les enfiler.

Mettez des paillettes dans
le savon des toilettes.
Cela vous permettra aussi
de savoir quels sont ceux
qui se lavent les mains...

Alors que votre collègue s'est
absenté un moment
de son bureau, profitez de son
ordinateur resté allumé pour
utiliser sa boîte mail et envoyer
une invitation à déjeuner
à plusieurs collègues.

À chaque fois que votre collègue ouvre la bouche, éclatez de rire puis ajoutez « T'es trop drôle, toi ! ».

Vos collègues sont plus vieux que vous ? Saluez-les toujours en lançant un « Salut les vieux ! ».

Sur un site gratuit de petites annonces, passez une offre très allèchante en laissant le numéro de téléphone de vote collègue : « URGENT, cause séparation, vends Audi® 3 toutes options, neuve (7 000 Km), garantie constructeur 2 ans. 5 000 euros. »

La paye vient de tomber.
Profitez-en pour lancer
à votre collègue : « J'ai eu
une prime de salaire.
Toi aussi ? ».

Débranchez tous les
ordinateurs, imprimantes,
machines à café,
photocopieuses, fax,
de votre entreprise...

Retournez à votre collègue ses mails et courriers qui comportent des fautes d'orthographe après les avoir corrigées en rouge.

Faites courir des rumeurs sur vos collègues. Alors que l'un d'eux est parti se restaurer et qu'il a malencontreusement laissé son ordinateur allumé, changez le fond d'écran de son ordinateur par une photo gay. N'oubliez pas de désactiver le mode veille de son ordinateur afin que tout le monde soit au courant de ses goûts.

Rapportez de la cantine un yaourt au chocolat pour enduire de son contenu les interrupteurs et poignées de portes des toilettes...

Positionnez-vous derrière
un collègue et regardez
par-dessus son épaule ce qu'il
fait. Il va très vite s'agacer.
Si jamais il parvenait
à garder son calme,
commentez tout ce qu'il fait...

Quand votre collègue est au téléphone, profitez-en pour rire à gorge déployée et simuler un fou rire qui ne cessera que lorsqu'il aura raccroché.

Votre collègue est un gros fumeur et le moment de la pause est encore loin... Jouez avec une cigarette ou un briquet devant lui pour déclencher son envie de fumer.

Lors d'une collecte pour un pot de départ, une naissance, un mariage, ne donnez qu'un euro symbolique. Vous aurez donné beaucoup moins que les autres et vous serez remercié autant qu'eux.

Tous les matins,
commencez votre journée
par raconter une histoire
drôle de blonde à une
blonde, de gros à un gros,
de chauve à un chauve...

Rédigez et envoyez à un
de vos collègues une lettre
de convocation à un entretien
préalable de licenciement.

Mettez un bout de Scotch®
sur l'interrupteur du téléphone.
Ce dernier continuera
à sonner lorsque votre
collègue décrochera...

Débranchez la prise
du distributeur de café
et observez l'énervement,
l'anxiété et la panique
de chacun
de vos collègues…

Sur la boîte vocale de la ligne directe de votre collègue, ou mieux, de son téléphone portable, enregistrez un nouveau message pour son répondeur : « Bonjour ! Eh oui... Je travaille toujours pour cette bande de nazes mais pour le moment, je glande. Pas la peine de laisser un message, je ne rappelai pas parce que j'en ai rien à foutre. »

Profitez d'une absence de votre collègue pour enrubanner tout son bureau avec du Scotch® et du papier toilette. Son ordinateur, chaque objet, chaque crayon, son siège, son bureau, recouvrez tout de papier toilette et de Scotch®.

Empruntez discrètement quelques courriers signés de votre collègue. Rendez-vous ensuite à la photocopieuse pour lui faire avaler ces courriers sur lesquels vous aurez préalablement placé quelques trombones et agrafes... Une grosse galère pour le prochain qui se présentera à la photocopieuse, mais le responsable sera tout trouvé.

PETITS JEUX POUR EMMERDER VOS COLLÈGUES :

- Cacher son clavier d'ordinateur, ses lunettes, son parapluie lorsqu'il pleut, les clefs de son armoire...
- Bourrer son sac avec les déchets de la broyeuse à papier.

Accédez au travail
de votre collègue et, dans
les courriers et dossiers qu'il
s'apprête à imprimer
ou à envoyer, ajoutez
des fautes d'orthographe
un peu partout.

Tous les matins, commencez votre journée par saluer toujours de la même manière le collègue que vous détestez en employant systématiquement la même expression con :
« Salut, ça gaze ? ».

Histoire de briser le silence qui
règne dans le bureau
que vous partagez avec
votre collègue, faites claquer
vos ongles...

Vous êtes malade et votre
collègue est en pleine forme?
Quelle injustice! Toussez-lui
dessus sans mettre la main
devant votre bouche.

À chaque fois que
vous quittez le bureau
d'un collègue, éteignez-lui
la lumière.

Lorsque vous êtes en vacances,
n'oubliez pas d'adresser une carte
postale de rêve à vos collègues
qui triment pendant
votre absence...

Émiettez des chips sur le fauteuil
de votre collègue et le clavier
de son ordinateur...

Avec un peu de glue, collez
tous les crayons, gommes
et règles de vos collègues
sur leur bureau.

Votre collègue croule sous les tâches ? Il angoisse car il est très en retard sur un travail ? C'est le moment d'être sympa avec lui et d'engager des conversations un peu plus personnelles afin de lui faire perdre son temps.

Reconfigurez l'écriture
du clavier Azerty de votre
collègue en choisissant un
autre clavier (Qwerty)
et la langue de votre choix.

Sur un forum ou un site
de rencontres gratuit, passez une
petite annonce avec la photo
d'une sublime blonde
qui cherche une rencontre
d'un soir. Communiquez bien
entendu le numéro de téléphone
de votre collègue...

Cette fois-ci, l'objectif consiste à rendre inopérationnelles toutes les icônes de l'ordinateur de votre collègue... Pour cela, faites une capture d'écran de son bureau (Outil capture sous PC, ou les touches Pomme + Maj + 3 sous Mac®). Définissez ensuite cette capture comme fond d'écran puis supprimer l'affichage de toutes ses icônes (clic droit sur le bureau puis « Affichage » sous PC, dans le « Finder » et « Préférences » sous Mac®).
Bonne chance à lui !

Tous les midis, laissez
en évidence un préservatif
déroulé sous le fauteuil
d'un collègue. Il s'en passe
des choses durant
la pause déjeuner !

Pour un homme : lorsque vous sortez des toilettes et qu'un collègue s'apprête à y entrer, serrez-lui la main avant de passer au lavabo. Tout aussi désagréable : passez votre main sur son épaule...

Dans un rapport que votre collègue destine à la direction, incorporez au milieu de celui-ci un petit bout de phrase pour faire croire à une erreur de saisie ou à un copier/coller malheureux. Par exemple : « de cette boîte de merde dirigée par des cons », ou encore « J'ai envie de toi »...

Lorsque vous déjeunez
avec un collègue,
mouchez-vous grassement
et simulez une toux
grasse.

Si vous partagez votre
bureau avec des collègues,
commentez tout ce que vous
faites avec des petits mots,
des bribes de phrases,
des onomatopées...

Inversez les étiquettes du distributeur de café de manière à ce que vos collègues obtiennent un potage à la tomate à la place d'un café court.

Votre collègue organise un pot pour fêter la naissance de son enfant ? Voici quelques idées de cadeaux susceptibles de lui déclencher un baby-blues :

- 1 boîte de préservatifs
- 1 bon pour un test ADN
- 1 boîte de boules Quies®
- 1 paquet de lingettes

Dans les toilettes, dérobez
la savonnette et remplacez-la
par une plaquette de beurre.

Si vous ne supportez pas que votre crétin de collègue gagne la même chose que vous, vous pouvez augmenter vous-même votre salaire horaire. Pour cela, arrivez et partez toujours cinq minutes après et avant lui...

Un collègue a laissé
son smartphone traîner ?
Emparez-vous en et changez
la langue de son mobile
par du bulgare, du turc
ou bien du japonais.

Remplacez les numéros
téléphoniques des raccourcis
d'appels du poste
de téléphone de votre
collègue par ceux
de sex-shops...

À Pâques, cachez quelques œufs en chocolat un peu partout dans votre entreprise et faites ensuite courir la rumeur : « Il paraît que la direction a caché des chocolats pour organiser une chasse à l'œuf… Il y aurait même un œuf en or à trouver. » Au fur et à mesure des découvertes des uns et des autres, la rumeur va se propager et une grande chasse à l'œuf devrait très vite commencer. La direction ne devrait pas apprécier…

Lorsque vous dînez avec
un collègue que vous n'aimez
pas, éternuez dans
son assiette.

Un jour où votre collègue
s'absente en laissant son
ordinateur allumé, utilisez
sa boîte mail pour envoyer
au patron une invitation
à un club échangiste...

Permutez tous les contenus
et chemises des dossiers
de votre collègue.
Bref, mettez le souK
dans son rangement !

Lorsque vous répondez au collègue que vous détestez, et uniquement à lui, utilisez systématiquement des expressions ringardes : « Jésus Marie Joseph ! », « Allons-y, Alonzo ! », « C'est tip-top ! », « Cours Forrest ! », « On n'est pas là pour trier les lentilles ! », « À fond les gamelles ! », « Roulez jeunesse ! », « En voiture Simone ! », etc.

Imitez votre collègue et répétez tout ce qu'il dit. C'est assurément puéril mais absolument insupportable.

Tenez la porte ouverte
à un collègue qui est encore
loin pour qu'il se presse,
et lâchez-la juste avant
qu'il ne passe.

Pour rompre le silence
qui règne dans le bureau
que vous partagez avec
votre collègue, raclez-vous
bruyamment la gorge
à intervalles réguliers.

Lorsque vos collègues
sont en vacances,
téléphonez-leur pour
leur parler du boulot.
Feignez d'avoir toujours
quelque chose à leur
demander de manière
à pourrir leurs congés.

Juste avant que votre collègue n'imprime un courrier hyper urgent, lancez une impression de 500 feuillets.

Versez du laxatif dans l'eau
de la cafetière et retirez les
poignées de porte des toilettes...
Vos collègues vont tous être
(très) emmerdés.

Laissez un message téléphonique à votre collègue en lui demandant de bien vouloir rappeler Monsieur Lelion et laissez-lui le numéro de téléphone d'un zoo...

Servez-vous de la boîte mail de votre collègue pour envoyer - par erreur - au patron un message qu'il aura ensuite bien du mal à expliquer... « Je vais peut-être rentrer tard ce soir, je pense rester glander un peu pour faire croire à ce connard de 'NOM DU BOSS' que je travaille. »

Déposez un vibromasseur ou une petite culotte dans le tiroir de votre collègue. Demandez ensuite à un autre s'il veut bien vous donner l'agrafeuse que votre collègue range habituellement dans ce tiroir...

Lorsque votre collègue
vous raconte une histoire
personnelle, bâillez d'ennui...

À condition que personne ne vous croie assez puéril pour faire ça, disposez une feuille de cellophane sur la cuvette des toilettes de votre entreprise. Après avoir rabattu la lunette, elle sera totalement invisible...

Si on peut entendre
une mouche voler dans
le bureau que vous partagez
avec votre collègue, des
petits reniflements incessants
devraient très vite insupporter
ce dernier...

Lorsqu'un collègue
vous gonfle avec ses
histoires à dormir debout,
mettez les oreillettes
de votre MP3 pour écouter
de la musique.

Ne participez jamais à la « cotisation du café », mais buvez-en. Vous auriez tort de vous en priver, c'est gratuit. Inutile aussi de nettoyer votre tasse. Et s'il y a un paquet de café ou de sucres qui traîne, pourquoi ne pas le rapporter chez vous ?

Créez une fausse adresse de messagerie (dans Hotmail® par exemple) dont la première partie est la même que celle qu'utilise habituellement votre supérieur. Adressez ensuite un mail à votre collègue pour lui annoncer qu'il peut ne pas venir travailler le lendemain, ou bien qu'il va être augmenté, ou encore qu'il est convoqué à une réunion...

Dites à votre collègue que
le directeur le cherche partout
et qu'il l'attend d'urgence
dans son bureau…

Déposez de la colle blanche
en stick sous la poignée de porte
du bureau de votre collègue.

Quel présent pourriez-vous offrir à vos collègues ? Quelle offrande pourrait exprimer tout le bien que vous pensez d'eux ? Quel cadeau serait à la hauteur de l'estime que vous leur portez ? Cessez de vous torturer l'esprit : rendez-vous aux toilettes de votre entreprise et ne tirez pas la chasse d'eau.

Exceptionnellement, votre collègue part plus tôt que vous. Profitez-en pour déposer sur son poste de travail un string bien en évidence et à la vue de tous.

Faites en sorte que vos collègues ne puissent jamais se couper du boulot. Tous les soirs, tous les week-ends, envoyez-leur des sms pour leur parler du travail.

Vaporisez du parfum
d'ambiance tout autour de
votre collègue à chaque fois
qu'il entre dans votre bureau.

L'hiver, quand vos collègues partent déjeuner, ouvrez grand la fenêtre de leur bureau.

Envoyez des fleurs à votre collègue avec un petit mot doux de la part d'un autre collègue...

Mettez un bout de Scotch®
sous le rayon optique
ou infrarouge de la souris
d'ordinateur de votre
collègue...

Vous êtes mince, vous avez de belles et longues jambes bronzées ? La nature vous a aussi doté d'une poitrine avantageuse ? Portez des jupes courtes et des décolletés profonds pour rendre vertes de jalousie toutes vos collègues. De plus, vous obtiendrez ce que vous voulez de la part de vos collègues masculins.

Empruntez le téléphone portable de votre collègue. Dans ses contacts, inversez votre nom avec celui de votre patron. Envoyez-lui ensuite des déclarations d'amour enflammées par sms...

N'oubliez pas de péter
avant de quitter
un ascenseur dans lequel
vos collègues restent.

En principe, il est interdit
de manger sur son lieu de
travail. C'est pourquoi vous irez
manger sur le lieu de travail
de vos collègues, de manière à
diffuser un parfum d'ambiance
aux senteurs d'œufs durs,
de plats chinois, de pâté,
de frites du McDo®...

Votre collègue ne supporte pas
le moindre bruit ? C'est le signe
d'un grand stress. Toute
la journée, plongez votre main
dans un paquet de chips que
vous grignoterez bruyamment.

Dites à votre collègue
qu'il est attendu d'urgence
en réunion dans une salle
où se tient effectivement
une réunion... mais pas
de son équipe.

Pour inquiéter votre collègue, dites-lui sur un ton confidentiel : « Normalement, je ne devrais pas te le dire mais... la direction du personnel m'a convoqué, ils m'ont posé plein de questions sur toi. T'as fait une connerie ou quoi ? ».

Contactez l'auteur
et retrouvez tous ses livres sur
www.gaulet-livres.com